Yves CARCHON

# LEGENDES ET MYSTERES DU VIEUX LYON

# LEGENDES ET MYSTERES DU VIEUX LYON

*A Célian…*

*A la bonne ville de Lyon qui m'a vu naître…*

## LE BOIS NOIR

Jadis, au nord de Lyon, le Bois Noir n'était qu'un maquis de saules d'où montaient continûment des nappes de brume. Ces nappes en période de grand froid recouvraient la ville entière. On eût dit que Lyon avait disparu au grand jamais.

C'était là spectacle étrange ! Dans l'épais brouillard, les passants cherchaient leur route ; certains s'égaraient, quand on ne les retrouvait pas noyés dans les eaux du Rhône.

Aussi, quand cette chape fondait sur la cité, rentrait-on en hâte à son logis. Une malédiction pesait sur le Bois Noir : la malédiction du Diable.

Chaque soir, tous les Esprits des Lieux quittaient le Bois. Et ils s'en venaient hanter la ville. Gare aux quidams en retard car ils devenaient leur proie ! Captifs de l'épais brouillard, ils couraient le risque d'être maudits.

Un soir qu'un honnête drapier traversait le Pont du Change, il fut accosté par un fantôme.

— Holà, bon drapier !

Le drapier, croyant discerner une forme humaine, tenta de la saluer mais l'autre resta invisible ou du moins se métamorphosa-t-elle en un long et sinueux ruban flottant. Rêvait-il ? Avait-il bien entendu qu'on l'appelait ?

— Tu ne rêves pas, lui dit la voix. Je viens du Bois Noir et je t'ai choisi ce soir pour payer tes fautes !

Le drapier comprit bien vite qu'il avait affaire à un fantôme. Il songea à déguerpir mais une nappe de brouillard enserra son bras.

— Hop là ! Ne fuis pas, lui dit la voix. Il n'est plus temps de t'enfuir. Il te faut expier !

— Expier quoi ? cria le drapier en se débattant en vain.

— Attends et tu comprendras !

Le silence était total. Nulle charrette sur le pavé du pont. Aucun bruit ne parvenait aux oreilles du drapier. Tout autour de lui, il voyait flotter des nappes ayant formes humaines. Toutes voguaient, traversant le pont en procession et envahissant à pas feutrés le quartier Saint Georges.

Une nappe s'arrêtait à sa hauteur. Elle lui souriait, tâtait en riant l'étoffe de son gilet, puis disparaissait. D'autres se moquaient ; d'autres enfin traînaient derrière leurs basques de lourds charretons de drap.

— Tu vois, dit la voix fantomatique. Ce sont là tes congénères. Ils sont condamnés à errer toute leur mort. Et sais-tu pourquoi ? Pour avoir trop marchander !

Une nouvelle fois, le drapier tenta de dégager son bras de la poigne de brouillard.

— Pourquoi moi et pourquoi m'avoir choisi ?

— Tous étaient comme toi, reprit la voix. Tous ne pensaient bien qu'à s'enrichir ! Aujourd'hui, ils ne travaillent plus que pour les pauvres !

— Oh, pitié ! dit le drapier. Laissez-moi la vie !

— Ce serait bien trop facile ! dit encore la voix. Et d'abord comment pourrais-je te croire ?

— Je m'engage, foi de drapier, à me mettre dès demain au service des indigents !

A ce même instant, un tocsin sonna trois coups : brefs, mornes, funèbres et comme étouffés par le brouillard. Ils vibrèrent lugubrement dans la tête du drapier. Lui annonçaient-ils un grand malheur ?

— Non, non, hurla-t-il soudain, se sentant enveloppé par l'étoffe de brouillard.

Une écharpe de brume lui enroba le cou. Et elle le serra à l'étouffer. Puis elle le précipita dans les eaux noires du fleuve.

Le lendemain, un jeune drapier cognait aux portes de la ville. Les autorités l'accueillirent comme tout bon Piémontais. Il mangea, but si bien qu'il décida de s'installer à Lyon. « Voilà une bonne ville, pensa-t-il. Je pourrais y faire des affaires. »

Et, comme on lui contait l'histoire du drapier mort la veille :

— Un de moins dans la profession, lança-t-il en s'esclaffant.

Une veuve et quatre enfants lui échurent. Il donna amour à l'une et pitance aux autres.

La légende dit que le jeune drapier ne fit jamais fortune à Lyon. Mais on nous rapporte qu'il y fut heureux et qu'il ne croisa jamais en aucun soir l'ombre d'un fantôme.

## LA LICORNE

Cette année-là, les récoltes avaient été mauvaises. La famine frappa aveuglément les quartiers déshérités de Saint Georges et du Bourg Neuf. L'Aumône ne suffisait plus à nourrir les indigents ; il fallut garder les portes de la ville. La peste décima plus des deux tiers des habitants. La nuit, on tirait de lourds charrois de morts jusqu'au cimetière et les fossoyeurs encore vivants oeuvraient jour et nuit.

Durant cette terrible année, un fossoyeur en rentrant chez lui s'entendit héler par une voix qui semblait venir d'outre-tombe.

— Fossoyeur, fossoyeur ! Vois combien je souffre ! Ne pourrais-tu pas m'aider à sortir de cette tombe ?

— T'aider ? Mais on n'aide pas les morts !

— Tu te trompes, dit la voix. Tu m'as enterrée vivante ! Pourrais-tu m'aider à quitter ce noir tombeau ?

— Si je peux ? Bien sûr ! dit le fossoyeur. Mais j'ai grande hâte de rentrer à mon logis !

— Fossoyeur, je t'en supplie ! Aide-moi à m'en sortir !

— Pourquoi diable ne pas attendre ? Demain n'est pas mort, répliqua le fossoyeur.

— Non, lui dit la voix. Car demain je serai morte !

— Morte ? Tu as bien dit *morte* ? Tu es donc femme !

— Je suis femme, dit la voix dans un soupir.

— Bon, j'arrive ! dit le fossoyeur.

Il dut rebrousser chemin, traverser le Pont du Rhône, parcourir le cimetière où il avait besogné le jour durant.

— Va tout droit, soufflait la voix. Je ne suis pas loin. Passées ces deux tombes, tu n'auras plus qu'à creuser !

— Creuser, creuser, maugréa le fossoyeur. N'ai-je pas assez creusé ?

— Ah ça oui ! Tu as trop creusé pour moi, répondait la voix.

Enfin, aux premières lueurs du jour, il trouva l'endroit où la voix étrange était enterrée. Il creusa, creusa, suivant mot à mot les conseils de la voix.

— Creuse encore ! Tu n'es plus très loin, murmurait la voix.

Et quand il voulait souffler, s'éponger le front :

— Je t'en prie, ne t'arrête pas, suppliait la voix. Dans peu, tu me toucheras du doigt.

Comme il reprenait sa pelle :

— Attention ! lui criait-elle. Tu vas m'arracher la tête !

Enfin, une tête blonde émergea de terre. Puis un corps de femme : jeune, nu, luisant sous la lune. Jamais femme n'avait été plus belle ! Le fossoyeur en lâcha sa pelle et la regarda tout ébahi.

— Je suis la Licorne, dit-elle au pauvre homme. J'accorde à tous ceux que je choisis amour et prospérité. Que veux-tu ?

— Je te veux pour femme, dit le fossoyeur.
— Vraiment ? Quelle étrange idée ! Je ne suis ni chair ni sang : je suis éternelle !
— Qu'importe, dit le fossoyeur. Je voudrais toucher l'Eternité !

— Soit, dit la Licorne. Mais as-tu pensé à ton épouse ?

— Non, dit l'autre. Je l'enterrerais !

— Seras-tu capable de lui donner la mort ?

— Je suis prêt à tout, dit le fossoyeur.

— Eh bien, va ! dit la Licorne. Occupe-toi de ton épouse !

Là-dessus le pauvre homme rentre au logis. Il trouve sa femme morte, frappée par la peste noire. Il la charge sur son dos, retourne tout droit au cimetière et creuse sa fosse. A mesure qu'il creuse, le sol croule sous ses pieds. Il cherche un appui mais n'en trouve pas. Alors, voyant disparaître le corps de son épouse dans les limbes de la terre, il glisse à son tour. Il s'agrippe à une motte mais la terre s'effrite entre ses doigts. Elle l'ensevelit bientôt.

Alors une voix lui dit :

— Je suis la Licorne ! Personne jusqu'ici n'a pu m'approcher ! Rejoins les ténèbres et tu trouveras la paix ! Que de ton désir d'éternité il soit fait pénitence !

L'année qui suivit, la peste quittait le Lyonnais. Jamais moissons ne furent plus prospères. On raconte qu'une bête fabuleuse, pourvue d'une corne au front, aida aux labours.

# L'ENVOYÉ DE LA PROVIDENCE

**A** Lyon, comme dans tout le royaume de France, l'année 1348 s'acheva lugubrement. On était en pleine guerre de Cent ans. Les Anglais victorieux se livraient à la rapine, au viol et au meurtre. Les greniers étaient pillés, les champs saccagés. La disette s'installa. Sur l'Ile Barbe où s'étaient cachés les survivants, les vivres ne suffisaient plus. On dut réduire la part de chacun dans l'attente d'un miracle.

Les Anglais avaient posé leur camp entre Rhône et Saône. Les serfs restés sur les terres avoisinantes eurent la gorge tranchée. On jeta leurs corps aux chiens. Parmi eux, il s'en trouva un ayant échappé à l'occupant. Dans la cave de ses maîtres se trouvaient entreposés des sacs de blé, d'orge et de farine. Chaque nuit ce valeureux serf couvrait ses cinq lieues, un sac de blé sur les épaules. Et il n'arrivait qu'au petit jour à l'Ile Barbe. La population le recevait à bras ouverts ; il était considéré comme un sauveur.

— Diable d'homme, murmurait-on admiratif. Lui au moins ne craint pas l'Anglais !

L'homme se reposait, puis il repartait et il traversait les lignes anglaises aussi aisément qu'en pleine nuit.

Sur l'Ile Barbe, le sac de blé était aussitôt distribué. Chaque famille avait ses grains, comptés un à un, ceci jusqu'au lendemain matin. Au matin, le sauveur arrivait plus fourbu qu'un baudet. Il laissait tomber le sac devant la population assemblée.

— Il a réussi, criait-on. Encore un que les Anglais n'auront pas !

Et ils contemplaient le sac, émerveillés.

De fait, jamais on avait tant admiré un sac de blé ! Il était bombé comme une panse et des plus dodus. Certains en rêvaient la nuit comme d'une Corne d'Abondance. Un sac plein de pièces d'or n'aurait pas tourné autant les têtes ! L'homme était fêté, choyé, adulé et considéré comme l'Envoyé de la Providence.

Lui, les écoutait, heureux et content, puis il repartait retrouver la cave de ses maîtres.

Une nuit, il fut arrêté par deux soldats anglais.

— Où vas-tu par ce chemin et que portes-tu ?

Ils lui firent poser le sac à terre. Quand ils l'eurent ouvert, ils restèrent pantois.

— Du blé, dit l'un des soldats.

— Mais non ! C'est de l'orge, lui dit l'autre.

— De l'orge ! Que je sois pendu ! Je te dis que c'est du blé !

— Regarde et tu verras bien ! dit l'autre.

Le ton tourna vite à la dispute. L'un parlait de blé, l'autre d'orge. Le serf, ne comprenant rien à leur dialecte, n'osait dire un mot. Et comme les Anglais en venaient aux poings, il prit le parti de s'esquiver et de rebrousser chemin.

Il ne put dormir de toute la nuit craignant que les deux soldats ne l'aient suivi. Au matin, comme il s'était décidé à gagner l'Ile Barbe coûte que coûte, il vit les Anglais lever le camp. « Quoi, marmonna-t-il, l'ennemi décampe ? »

Comme il se trouvait déjà en route, il hâta le pas afin d'annoncer la bonne nouvelle. Son cœur jubilait et ses jambes allaient bon train. C'est alors qu'il aperçut le corps des deux Anglais rencontrés durant la nuit. Ils reposaient roides sur le chemin, rongés de morsures, recouverts d'un tas grouillant de rats qui s'en repaissaient.

Il voulut s'enfuir. Un rat l'attaqua, lui sautant au bras. Puis un autre lui mordit le pied. Par trois fois il fut mordu au cou. Il se débattit puis tomba sur le chemin. Et les rats couvrirent son corps.

Quand les réfugiés de l'Ile Barbe comprirent que l'Anglais était parti, ils sautèrent de joie et sortirent des murs d'enceinte de l'Abbaye. Ils trouvèrent sur le chemin qu'avait emprunté le serf trois corps mutilés, rongés jusqu'aux os.

— Tiens, se dit l'un d'eux. Voilà trois Anglais que les rats ont dépecés ! Que le diable les emporte !

Du serf courageux, il ne fut jamais question. Est-ce là ingratitude ? Non, dit la chronique : c'est ce qu'on appelle l'Histoire.

## LE DRAP D'OR

En ce jour de foire, les marchands de laine, de cuir, de fourrures s'étaient installés nombreux sur les bords de Saône. Ceux de Flandre et ceux d'Allemagne exhibaient leurs draps et leurs étoffes. Le Pont du Change croulait sous les étalages. Epices, fruits, commerces de toiles, de chanvre et de lin, étals d'encens, de myrrhe, de résine s'abouchaient les uns aux autres. D'un commerce l'autre, comédiens, jongleurs, bateleurs amusaient le peuple. Les badauds trouvaient leur compte à courir les foires ; les marchands le leur au gré de leurs ventes.

Parmi eux, il en était un arrivé de Flandre depuis peu dont le drap tout scintillant soulevait l'admiration. C'était un gros homme fat, heureux de sa condition, ne dédaignant pas à l'occasion de graisser la patte d'un courtier.

— Va, lui criait-il. Et regarde autour de toi le prix de l'étoffe ! Si mon drap se vend plus cher, c'est parce qu'aucun autre ne le vaut !

De fait, aucun autre ne le valait. Son drap était le plus merveilleux des draps ! Il était tissé de fils d'or, d'argent et de soie. Tous s'entremêlaient et formaient un canevas moiré digne des plus fins tissus d'Orient.

— Approchez ! Voyez ce beau drap ! Aucun ne le vaut ! Il est tissé d'or, d'argent et de soie !

— Où vas-tu chercher cet or, lui criaient certains badauds.

— Et d'où vient l'argent, le taquinaient d'autres.

Le marchand ne daignait pas répondre aux moqueries, préférant vanter son drap.

— Approchez, approchez ! Voyez ce beau drap ! C'est le plus coûteux de Flandre !

Un homme s'arrêta devant l'étal et considéra le drap.

— C'est peut-être le plus coûteux, lui dit l'étranger, mais il ne vaut pas le mien !

— Vraiment ? Et où est ton drap ? dit le marchand.

— Il n'est pas ici, répondit l'autre. Il ne se contemple que de nuit !

De dépit, le marchand cracha au sol.

— Le diable si un drap ne peut se voir de jour ! Te moques-tu de moi ? Aucun drap, je le répète, ne vaut celui-là !

La foule s'était amassée devant le négoce du drapier. Certains s'esclaffaient en voyant la mine déconfite du marchand. De beaucoup il était connu mais personne n'avait encore vu celui qui lui tenait tête.

— Je te dis, répéta l'étranger, que le mien vaut mille fois plus ! Aucun drap ne peut se comparer à lui ! Il brille mille fois plus que tous tes draps !

— Bon, dit le marchand. Montre-nous ton drap et nous verrons bien !

— Ce soir, à la nuit tombée, tu pourras le voir, répondit l'autre. Sois à cette même place et tu verras bien qui a raison !

— Entendu, dit le marchand. Je serai ce soir à cette même place !

La journée passa. A la nuit tombée, le marchand revint à l'endroit de son commerce. L'homme se trouvait là, adossé au parapet du pont. Une lueur étrange brillait dans ses yeux.

— Eh bien, m'as-tu apporté ton drap ? dit le marchand.

— Oui, dit l'autre. Regarde au-dessus de toi et tu le verras.

La voûte des cieux, telle une mante bleue piquée de lueurs d'argent, formait un drap d'or constellé d'étoiles. Toutes scintillaient comme jamais encore elles n'avaient brillé ! Elles criblaient la nuit, la moirant d'une incommensurable paix.

— C'est, dit l'homme, le drap dont je t'ai parlé. Regarde-le bien ! Lui ne se vend pas et vaut mille fois plus que le tien !

Le marchand fixa le ciel. Puis, baissant la tête, il ne vit plus l'homme. Sans doute s'était-il fondu à la trame du drap d'or.

# LE MASQUE D'ARGILE

Dans la période qui suivit la terrible peste de l'an 1547 vivait à Lyon un homme dont les pouvoirs étaient immenses. Bossu, vêtu d'une blouse à capuchon qui lui couvrait les yeux, il logeait seul sans ami 8 rue Saint Paul. On ne lui connaissait qu'une seule passion : l'Astrologie. Il ne sortait que rarement le jour. La nuit, il se fondait à la horde de mendiants qui assiégeaient alors l'enceinte du village. Les gardes ne lui demandaient rien et le laissaient passer. Il pouvait entrer et sortir comme bon lui semblait.

Les gueux le surnommaient le Pape ; d'autres en parlaient comme d'un disciple du grand Nostradamus. Il était réputé pour guérir les infirmes. Grâce à ses soins, certains avaient pu retrouver l'usage de leurs jambes ou de leurs yeux. Craint plus que toléré, le Pape vivait dans une sorte d'éternité propre aux plus grands des esprits.

Un soir, au sortir de son logis, il fut assailli par deux infirmes. L'un était aveugle, l'autre cul-de-jatte.

L'aveugle bredouillait en montrant le Pont de Saône :

— Là-bas, sur le pont ! Un homme se meurt !

Le Pape se jeta dans le brouillard. L'aveugle, agrippé au bras du pape, marchait à grands pas.

Derrière eux, deux fers cliquetaient sur le pavé de la ruelle : le cul-de-jatte, propulsant son tronc dans une poussée précipitée des bras. C'était là spectacle étrange ! L'un ne voyait pas et pouvait marcher ; l'autre voyait tout et traînait son corps comme un boulet. Seul le capuchon du Pape filait dans la nuit comme la plus pressée des ombres.

Sur le Pont de Saône, le brouillard était encore plus dense. On ne distinguait qu'une silhouette secouée de frénésie. Un homme, arrimé au parapet de pierre, montrait l'eau du fleuve. Il criait comme un perdu qu'un fantôme l'habitait. Batelier de son état, cet homme semblait saisi par la folie.

Le Pape se pencha sur lui, observa son œil, le tira sur le pavé du pont. Il lui prit la tête à pleines mains et jeta dans le brouillard quelques mots magiques. Après quoi, il sortit une fiole d'un pli de sa blouse, enduisit ses doigts d'un noir onguent, les passa sur le visage du possédé et cria des phrases incohérentes.

Aux côtés du Pape, les infirmes, pétrifiés sur place, n'osaient dire un mot. Ils se croyaient possédés eux-mêmes.

— Ah ! Ah ! geignait l'homme, étendu sur le pavé du pont.

Le Pape appuya de tout son poids sur le torse tremblant du malheureux.

— Cours, chemine par la Saône ! Rejoins tes semblables ! intima le Pape d'une voix funèbre.

Il se contracta, lança un cri rauque. Son visage se craquela et se transforma en masque d'argile. Déjà, les assauts de brume effritaient son front, son nez et ses joues. Un rictus horrible lui fendait la face.

— Assez, cria une voix. Retourne aux Enfers !

Le cul-de-jatte vit s'exhaler du pont une cape noire dont le capuchon couvrait une tête de mort. L'aveugle affolé s'enfuit en ouvrant tout grands les yeux. L'autre sentit pousser des jambes dans ses bras. Le batelier s'était redressé, campé sur ses pieds.

Avec rage, il frappait à plein visage la pauvre statue d'argile qui, dans un ultime cri, vola en éclats.

# LE COFFRET D'AUGUSTE VELET

**O**n raconte qu'il vivait à Lyon dans la rue de Flandre en l'an 1580 un horloger du nom d'Auguste Velet. Cet homme tenait boutique dans une rue étroite, là où d'autres horlogers s'étaient établis bien avant lui. Auguste Velet avait une femme et deux enfants.

Son logis n'était composé que d'une chambre. La pauvreté dans laquelle il vivait ne l'empêchait pourtant pas d'être heureux. Sur son banc il travaillait, chantant du matin au soir, oubliant la vie et ses misères.

Les jours de foire, les badauds passant par la rue de Flandre s'arrêtaient devant sa boutique. Aucun n'achetait jamais le moindre article. On eût dit que tous s'étaient donné le mot !

Pourtant, sur son établi, étaient exposées les plus fabuleuses pièces d'horlogerie qu'on n'ait jamais vues en Lyonnais. Son ouvrage tenait du prodige ! Personne mieux que lui ne façonnait pièces plus fines et plus brillantes. Et si les grands jours de foire tous se pressaient pour regarder, aucun n'achetait !

Velet n'en continuait pas moins à travailler, chantant à tue-tête et disant bonjour à tous avec une égale humeur. Son cœur était bon ; il savait trouver dans son travail joie et bonheur. Sans sa femme, Velet eût pu vivre tout à fait heureux. Mais elle était là, pendue à ses basques, plus irrémédiable qu'un pendule !

— Cesse donc de chanter ! lui criait-elle. C'est ta joie qui les effraie ! A chanter toujours, tu les mortifies ! Ils te croient heureux et ils passent leur chemin !

— Ce n'est pas ma joie qui les effraie, répondait Velet.

— Qu'est-ce donc alors ? lui demandait sa femme.

— Ils n'osent pas me demander le prix de mon travail. Ils le savent unique et pour ainsi dire inestimable !

— N'empêche, répliquait sa femme, tu pourrais faire un effort ! Tu sembles oublier tes deux enfants !

Mais le bon Velet chantait de plus belle. Son travail aurait pu faire de lui un homme riche et respecté. Et voilà qu'il préférait chanter ! Curieux homme ! Quel démon le poussait donc à chanter toujours ?

Sous son établi se trouvaient deux coffres. Dans l'un il rangeait tous ses outils, dans l'autre il ne mettait jamais rien. Bien qu'il le gardât toujours fermé, il ne s'en servait jamais.

Un beau jour, sa femme s'aperçut de son manège. Elle voulut savoir ce qu'il cachait. Une nuit, elle vola la clé, descendit à la boutique, ouvrit le coffret qui était vide.

Un génie s'en échappa. Il sauta sur l'établi, étirant ses bras comme après un long sommeil.

— Qui es-tu ? lui demanda la femme éberluée.

— Je suis le Génie du Chant, répondit l'autre. Voilà plus de dix années que je vis cloîtré dans ce coffret. Sans toi, j'y serais encore ! Merci de ton aide ! Et puisque tu as su me délivrer, je suis prêt à exaucer un de tes vœux ! Fais-en un et je te jure bien qu'il sera exaucé !

— Vraiment ? dit la femme de l'horloger en considérant tout ébahie le génie sur l'établi. Je peux faire un vœu ?

— Oui, dit le génie. Mais dépêche-toi car le jour va se lever !

— Eh bien, dit la pauvre femme, je voudrais que mon mari cesse de chanter !

— Entendu, dit le génie. Ton vœu sera exaucé. Maintenant, referme le coffret à clé et remonte te coucher ! Demain, tout sera changé pour toi !

La femme de l'horloger monta donc se recoucher. Elle ne tarda pas à s'endormir.

Le lendemain, Auguste Velet descendit à sa boutique, ouvrit ses volets et se mit à son ouvrage. Mais ce matin-là il ne chantait pas. Sa femme qui l'avait suivi se dit que son vœu était exaucé. Elle chantait déjà en battant des mains quand une charrette croulant sous les graines s'arrêta devant leur porte.

— Holà, cria un marchand juché sur ses sacs. A combien se monte ce gousset ?

— Tout dépend, dit l'horloger, du prix que tu veux y mettre !

— Peu importe, répondit l'autre. Le prix que tu m'en feras sera le mien ! Mais qui chante ici ?

Il avait tourné la tête et cherchait de tous côtés.

— Ne cherche pas si loin, dit Velet. C'est ma femme qui roucoule. Elle a, cette nuit même, libéré de son coffret le Génie du Chant ! Ce coffret était mon cœur et elle l'a ouvert !

— Et alors ? dit le marchand. Où est donc le mal ?

— Eh bien, répondit Velet, me voilà si triste que j'ai perdu goût à travailler !

Les jours qui suivirent, Auguste Velet vendit tout ce qu'il avait. Et quand il devint le plus riche homme de Lyon, il mourut dans la plus noire tristesse. Il avait, dit-on, cessé de chanter.

## L'HOMME AUX FIGURINES

Au début du siècle vivait un curieux bonhomme rue Tête d'Or. Il était de son état rempailleur de chaises. En fait, peu de gens venaient le voir pour son prétendu commerce car cet homme avait un don. Par le truchement d'une figurine, il pouvait venger les amants trahis. L'estocade était donnée grâce à une aiguille qui trouait la figurine de part en part. Le bonhomme évidemment se faisait payer et le visiteur s'en retournait vengé. Le manège eût pu durer longtemps si, une nuit, une boulette intempestive de cire n'était venue sceller le commerce de notre homme.

C'était par une nuit glacée et terriblement venteuse. L'Homme aux figurines était déjà couché quand on vint cogner à sa porte. Un homme, vêtu d'une cape noire, désirait entrer.

— Qui es-tu et que viens-tu faire, s'enquit le bonhomme.

— Je suis, lui répondit l'autre, l'ombre d'un amant. J'ai, vois-tu, toujours été fidèle à mon amie mais par ton aiguille, j'ai cessé de vivre ! Me voilà errant, ne cherchant pas même à me venger mais à vivre ! C'est à toi de réparer cette injustice puisque tu en es le responsable. Redonne-moi la vie que tu m'ôtas et nous serons quittes !

— Entre, dit le bonhomme. Je ne peux rien te promettre, mais si ton histoire est vraie, tu seras vengé !

L'ombre s'engouffra dans la mansarde. Sur une vaste table, éclairée par un rayon de lune, nombre figurines observaient le visiteur. Elles formaient cortège étrange, figées dans leurs poses mortes et souvent grotesques. L'ombre seule d'un bougeoir, posé sur la table, semblait encore vivre.

— Ce sont là sur cette table, dit le bonhomme, autant d'alibis qui prouvent ma bonne foi. Aucune n'est venue se plaindre comme toi. Mais l'erreur peut être surhumaine ! Regarde à loisir ces figurines et dis-moi où est la tienne !

— Peux-tu éclairer ? demanda l'ombre.

— Surtout pas ! dit l'autre. Elles s'éveilleraient. La chaleur de la bougie les ferait fondre et certaines reprendraient vie !

— Peut-être, mais je n'y vois rien, dit l'ombre.

— Du calme ! A quoi bon s'impatienter fit le bonhomme.

— C'est que j'ai perdu du temps, lui cria l'ombre. Ma jeunesse par toi a été fauchée et tu me demandes de patienter !

— Quelle rage aussi à vouloir revivre ! dit le bonhomme.

Dans un geste brusque, l'ombre avait saisi le bougeoir. Et sans plus attendre, elle en alluma la mèche.

— Lâche ce bougeoir ! intima l'homme.

Mais l'ombre ne l'écoutait pas. Elle posa la flamme sur la table. Déjà, quelques figurines fondaient épandant leur cire gluante sous l'oeil horrifié du rempailleur.

— Arrête ! criait le bonhomme. Eteins le bougeoir !

L'ombre allait d'une figurine à l'autre cherchant désespérément la sienne. La cire des figures coulait, enflant, grossissant, prenant peu à peu la forme d'un visage.

Le bonhomme voulut lui prendre le bougeoir des mains mais il trébucha et tomba au sol.

— Eteins donc cette foutue flamme, cria-t-il en agrippant ses doigts fébriles à la cape noire.

Mais l'ombre recherchait toujours fébrilement son ego de cire.

Enfin, un visage monstrueux se dressa devant ses yeux. C'était le visage du bonhomme !

— Non, hurla la cape noire en frappant à toutes volées le visage de cire.

La bougie, frôlant la table, s'éteignit. L'ombre jetée au sol revêtit la forme d'un jeune amant qui se demanda ce qu'il faisait dans cette mansarde. « Que fais-je donc ici ? N'avais-je pas un rendez-vous ? », se dit-il, éberlué.

Et il se précipita dehors. Sur la table, il ne restait qu'une masse informe de cire molle. Un filet cireux avait coulé au sol, formant un amas aussi informe.

C'était l'Homme aux figurines qui avait fondu sur place.

## LA FÉE DE DECEMBRE

C'était par une nuit de 8 décembre. Le vent était glacial et soufflait en rafales. On avait posé sur le bord des fenêtres des petites flammèches qui brûlaient par milliers. De partout les enfants, le nez collé contre les vitres et les yeux émerveillés, guettaient les flammèches vacillantes. Lyon, en cette nuit d'hiver, n'était plus que féerie et palpitation de braises. Partout, des guirlandes de rêves se dandinaient comme autant de torches minuscules que le vent eût attisées.

A minuit, quand les Lyonnais se furent couchés, titubaient encore quelques flammèches, fières et insoucieuses du vent. Le vent avait eu raison des plus fragiles ; et il assaillait comme jamais celles qui brûlaient encore. Quand vint le matin, il en restait une qui était la seule à braver le vent de sa ferveur.

— Quoi, pesta le vent. Quelle est donc cette lueur qui persiste à me narguer ?

— C'est moi, la Fée de décembre, lui dit la flammèche. Celle qui luit toujours et ne meurt jamais !

Et la flamme sautillait d'une fenêtre à l'autre, intrépide et aussi leste qu'un feu follet.

Le vent l'avait prise en chasse. Elle tourna le coin d'une rue et réapparut plus loin.

— Ohé, je suis là, cria-t-elle au vent.

— Crois-tu donc ne jamais t'éteindre, lui hurla le vent.

— Cause toujours, dit la fée espiègle. J'ai plus de pouvoir que toi !

De fait elle allait bon train, enchâssée dans le calice de verre qui la sauvegardait du vent. Deux ailes lui avaient poussé ! Aussi, quand le vent soufflait, s'aidait-elle de ses sautes pour voler plus loin !

— Qui t'a fait pousser ces ailes, gémissait le vent.

— C'est la Vierge Noire, riait la flammèche.

Et elle gambadait, se jetant dans une allée avec la vitesse de l'éclair.

Enfin, comme elle s'essoufflait, elle dut traverser la Saône, monter la colline de Fourvière et trouver refuge dans la Basilique. Dans la crypte, elle tenta de se cacher mais le vent la harcelait, pénétrant en force et en fracas.

— Tu peux te cacher ! Je te trouverai, s'obstinait le vent en fouillant chaque recoin.

La petite flammèche se sentit perdue. Un nouvel assaut du vent la précipita au sol sur les dalles de la crypte. Elle voulut se relever mais le vent la balaya, la jeta dans la nuit noire. Elle volait, tombait, dévalait en trombe la colline.

— Ne crains rien, dit une voix. Laisse souffler le vent ! Il ne sait qu'éteindre ce qui luit ! Mais toi, il te faut continuer à vivre !

— Vivre, je le voudrais, si le vent n'était si fort, gémit la flammèche.

— N'aie pas peur, dit la Vierge Noire. Je suis avec toi ! Crois en toi et tu brûleras de tous tes feux !
— L'espoir, geignait la flammèche. Ah, voilà un joli mot ! Mais comment survivre à la fureur du vent ?

Derrière elle, collant à ses trousses, le vent ricanait. Elle se blottissait dans l'encoignure des murs, se nichait dans l'ombre des pavés. Mais le vent la débusquait et n'avait de cesse de l'éteindre.

— Quoi, me voilà donc abandonnée ! N'est-il pas une âme pour m'aider ?

— Allons donc ! dit la Vierge Noire. Je ne cherche qu'à t'aider. Mais brûler ne suffit pas : il te faut briller.

— Et comment pourrais-je briller ? Je n'ai plus de force.

— Cherche au fond de toi et tu trouveras !

Une énième fois la flammèche trébucha puis tomba sur le trottoir. Le vent la poussa sauvagement mais elle reprit vie.

Elle vola sur quelques mètres, puis elle retomba.

— Aidez-moi ! suppliait-elle.

— Bon, je vais t'aider, dit la Vierge Noire. Va par les fenêtres et rallume les flammes de tes sœurs ! Si tu dois mourir, elles sauront brûler pour toi.

Alors, voletant une dernière fois, la Fée de décembre sauta d'une fenêtre à l'autre et elle ranima ses soeurs une à une. Gorgée de lumière, elle alla se réchauffer à celles qui s'étaient éteintes les premières.

Le vent au matin était tombé et les Lyonnais restèrent muets en voyant briller à leurs fenêtres les flammèches de la veille. La Vierge, cette nuit-là, les avait sauvés du désespoir.

## LE RICHE HOMME DE LYON

Il y a bien longtemps, vivait dans la ville de Lyon un homme riche et respecté de tous. Cet homme avait fait fortune en comptant les années d'autrui. Quand quelqu'un voulait connaître l'âge qu'il avait, il allait cogner à l'huis du bonhomme.

— Assieds-toi et bois de mon vin ! Tu seras bien plus joyeux quand tu connaîtras ton âge, lui disait l'Homme de Lyon.

Et l'homme s'asseyait, buvait de son vin tout en se laissant griser par le nectar.

— Eh bien, riait-il. Peux-tu dire mon âge maintenant ?

— Je le peux, rétorquait le riche Homme de Lyon, mais tu as le temps ! Reprends donc un verre ! On est toujours assez vieux pour connaître son grand âge !

— C'est juste, lui répondait l'homme.

Et il s'enivrait encore.

A chaque fois, le riche Homme de Lyon demandait une pièce d'or à son visiteur puis il murmurait à son oreille un âge fictif.

— Quoi ? Je suis donc encore si jeune, s'étonnait l'homme.

— Oui. Et tu vivras vieux, très vieux, assurait l'autre.

Ainsi fait-on fortune ou à peu près. Là où les hommes sont crédules, il y a toujours un malfaiteur. Mais le riche Homme de Lyon était aimé de tous. Personne n'aurait pu discuter son grand renom. Il n'était pas marchand ou homme de lois qui ne parlât de lui sans grand respect. Chacun voulait le convier à sa table, lui offrir les plus belles étoffes, une fille à marier, des souliers luxueux mais d'aucun il n'était l'ami. En un mot, grands, petits, miséreux étaient abusés par ce filou. A chaque fois que l'un d'entre eux le visitait, la magie de son nectar faisait le reste.

— Reprends donc un verre ! disait le fieffé coquin. Que t'importe de connaître l'âge de tes os ! N'es-tu pas bien plus heureux dans l'ignorance ?

— Oui, peut-être, répondait l'autre. Mais je voudrais tant savoir mon âge ! J'ai plein de projets en tête ! En sachant mon âge, je pourrais savoir combien il me reste de jours à vivre !

— Sauras-tu en profiter, éviter de te lancer dans de folles aventures ?

Le crédule visiteur était prêt à tout promettre. Il songeait aux pièces d'or qui bientôt iraient emplir ses caisses, aux terrains, aux maisons dont il deviendrait propriétaire.

— Bon, approche, lui disait l'Homme de Lyon.

Et tout en soufflant un chiffre à l'oreille du visiteur, il tendait sa longue main pour cueillir le fruit de son mensonge. Plus le visiteur était naïf, plus l'Homme tirait sur sa pauvre bourse. Et quand un vieil homme pleurait sa jeunesse perdue, il s'entendait dire suavement : « Allons, ne geins pas ! Il te reste encore cent ans à vivre ! »

— Cent ans, s'ébahissait l'autre. Ma peau se craquelle, mes os s'effritent et mon cœur est un pendule ! Je ne tiens même plus debout ! Es-tu sûr de ton oracle ?

— J'en suis sûr, assurait le bandit.

Et il lui versait une nouvelle rasade de vin.

Le vieux s'en allait en titubant, répétant sur tous les toits qu'il avait encore cent ans à vivre. Il rentrait chez lui, reprenait l'ouvrage, montrant tout autant d'allant qu'au temps de son plus jeune âge. Et s'il mourait, le riche Homme de Lyon invoquait le Ciel et sa toute-puissance. Sans le Ciel, on eût découvert sa supercherie, mais avec son aide, tout était possible !

Il advint pourtant un jour que le Ciel, lassé d'être pris pour alibi, se vengea de cet usurpateur. Le riche Homme de Lyon avait trop tiré profit de son commerce. Il était grand temps qu'il paie.

Et voici comment :

Dans la bonne ville de Lyon vivait à la même époque un homme simple et sans manières. Ce pauvre homme, tonnelier de son état, connaissait mieux que personne les effets du vin. Il savait par expérience que l'Esprit du Vin se niche dans son arôme, que, dès qu'on le hume, il monte au cerveau. Inutile de dire alors ce qui s'ensuit : les idées se brouillent, l'oreille se fait plus distraite ; on entend tout de travers et on voit danser le monde devant soi ! Le bon tonnelier l'avait trop appris à ses dépens. Il se doutait bien que l'Homme de Lyon était un voleur. Mais il se disait : « Tu es pauvre, sans ressources, plus étique qu'un laurier giflé par le vent d'hiver ! Et l'Homme de Lyon est riche, respecté de tous. A lui, on est prêt à tout offrir. Mais que t'offre-t-on à toi ? A peine de quoi manger ! Tu vois bien que tu n'es rien ! A quoi bon tenter le Diable ? »

— En tous points tu as raison, dit le Ciel au tonnelier un soir qu'il dormait sur l'un de ses tonneaux. Mais toi, tu possèdes la Vérité. Pourquoi ne pas la servir ?

— Je le voudrais bien, mais comment pourrais-je ? Un pauvre homme ne peut se rendre ainsi chez l'homme le plus riche de Lyon !

— Tiens, lui dit le Ciel. Voilà bien plus d'or qu'il ne te faut pour te présenter à lui !

Et le Ciel emplit de pièces d'or la cave où dormait le tonnelier.

Dès le lendemain, le tonnelier chargea sur son âne deux tonnelets bourrés de pièces d'or et se mit en route. A midi, il sauta à terre devant la somptueuse demeure de l'Homme de Lyon et cogna trois coups à sa porte.

— Qui es-tu et que viens-tu faire ? demanda le riche Homme de Lyon.

— Je suis tonnelier, lui dit l'envoyé du Ciel. Je voudrais savoir combien de temps il me reste à vivre.

— Entre, lui dit l'autre.

— Je t'ai apporté deux tonnelets, dit alors le tonnelier. Puis-je te les offrir ?
— Volontiers, dit le coquin.

L'envoyé du Ciel pénétra dans la demeure, un petit tonneau sous chaque bras. Le riche Homme de Lyon le fit asseoir tout en lui servant de son nectar.

— Bois de mon bon vin ! Tu seras bien plus joyeux quand tu connaîtras ton âge !

— Attends ! dit le tonnelier en posant ses tonnelets. Je t'offre un marché ! Tu vois ces tonneaux ! Eh bien, à chaque goutte de ton nectar que tu m'offriras, je ferai jouer un robinet. A chaque fois, il en jaillira une pièce d'or. Et cette pièce te reviendra ! Que penses-tu d'un tel marché ?

Le riche Homme de Lyon crut bon s'offusquer.

— Mais, dit-il, c'est à moi d'offrir à boire ! Tu n'as pas à me payer à chaque goutte de mon nectar !

— Ah, vraiment ! Tu peux refuser si tu le veux et je m'en irai !

Et disant cela, le fin tonnelier feignit d'embarquer ses tonnelets.

— Non, non. Nous ferons comme tu veux, dit l'infâme coquin en lui agrippant la manche.

— Soit, sourit le tonnelier. Si nous commencions !

— Ne voulais-tu pas savoir ton âge ? gémit l'autre.

— A quoi bon ? Je préfère savoir le tien ! Sers-moi donc à boire mais seulement goutte après goutte !

Le riche Homme de Lyon ne protesta pas. A peine avait-il servi une goutte de son nectar que l'autre la buvait tout aussitôt et tournait son robinet d'où tombait une pièce d'or.

— Te voilà bien jeune, riait l'envoyé du Ciel. Tu as juste un an !

— Non, non, répondait le riche Homme de Lyon. Je suis bien plus vieux !

Et il présentait un nouveau verre au tonnelier empli d'une goutte de son vin. L'autre la buvait, et à chaque fois tombait dans la main avide de l'Homme de Lyon une pièce d'or étincelante.

— Oh, tu n'as que deux ans, se gaussait le tonnelier. Tu es bien petit !

— Non, non, suppliait voracement le riche Homme de Lyon. Je suis un vieillard !

Pour chaque goutte de nectar versée tombait une nouvelle pièce. Le brave et bon tonnelier riait de plus belle. Le riche Homme de Lyon ne voulait plus s'arrêter !

— Je suis donc si vieux, pleurait-il de joie voyant la centième pièce d'or briller dans sa main.

— Oh, plus vieux encore, se moquait le tonnelier. Il te reste encore beaucoup d'années à vivre !

Mais quand la millième pièce d'or s'en alla rouler à terre, le riche Homme de Lyon étouffait sous un tas d'or.

— Arrête ! criait-il au tonnelier.

La mille et unième pièce fut pourtant fatale. Elle jaillit du tonnelet, bondit dans la bouche de l'Homme de Lyon et cloua le bec au malheureux. Il mourut sur l'heure. Jamais on ne sut la cause de sa mort ni à quel âge elle advint, mais dans un registre paroissial il est rapporté que le brave tonnelier qui l'avait connu mourut lui à l'âge de cent vingt ans.

## L'ÂME D'UNE MUSE

Il était une fois un imprimeur qui était venu à Lyon pour s'y établir. Noble continuateur du grand Gutenberg, il avait ouvert boutique au 13 de la rue Mercière. Quoique l'esprit fût prompt en cette bonne ville pour trousser des rimes et libelles satiriques, le travail n'affluait pas sur le marbre. Ainsi pour notre imprimeur qui ne savait trop que faire de ses journées.

Loin de se morfondre, le bonhomme fermait boutique. Il ne s'en désolait pas, préférant passer son temps à rêvasser plutôt qu'à tirer profit de son négoce. Le bonhomme était ainsi. Il était rêveur plus que commerçant ! Et si le commerce doit s'en remettre à des lois d'airain, le rêve obéit aussi à d'autres lois, toutes aussi inexorables.

Un soir que notre homme avait clos les volets de sa boutique, les lettres dans l'imprimerie se mirent à parler.

— Quoi, disait le **e**. Je suis à moi seul l'une des lettres les plus indispensables de la langue ! Et jamais l'on ne m'emploie !

— Tu peux te targuer de ta nécessité, répondit le **a**. Et moi, que devrais-je dire ?

— Assez ! dit le **i**. Voilà bien un beau tapage. A entendre vos jérémiades, on vous croirait nécessaires à la vie des hommes !

Le **o** voulut dire un mot mais le **u** l'en empêcha.

— Nous ne sommes rien, déclara-t-il à tous les autres. Sans l'esprit des hommes, nous n'existons pas ! Voyez donc ce soir : nous nous querellons au lieu de chercher à nous unir !

— Vous unir ! cria une consonne. Que faites-vous de nous ? Sans nous, vous ne seriez que des sons !

— Excepté un mot ou deux, riposta le **a**. Sans eau, vous mourriez de soif !

— Sans feu, sans soleil, vous ne seriez rien ! crièrent d'un seul chœur le **f,** le **s** et le **l**.

— Assez ! dit le **u**. Toutes ces palabres ne servent à rien ! Si vous voulez propager l'esprit, il ne tient qu'à vous ! J'ai, grâce au mot *cœur* et au mot *amour,* su apprendre la sagesse.

— Tu n'as rien appris, répartit le **o**, car j'aurais dû moi aussi atteindre la sagesse !

— Dans le premier mot, tu étais lié au **e**, observa le **u**. Or il est bien trop fermé sur lui pour toucher à la sagesse !

— Vraiment ! dit le **e**. Et qui de nous toutes compose justement le mot sagesse ?

— Le **e** a raison, dit le **a**.

— Ah oui ! dirent le **s** et le **g**. Et nous, quand aurons-nous droit à la parole ?

— C'est assez, dit une voix dans l'ombre de l'imprimerie. Vos disputes sont absurdes ! Dès demain, vous aurez à travailler sur des sonnets dont les siècles parleront. Une poétesse est née ! Elle sera ici demain dès que notre maître aura ouvert boutique !

— Qui es-tu ? demanda le **u**. Et comment es-tu entrée ici ?

— Je suis l'âme d'une muse, morte cette nuit à minuit sonnant. J'erre par les rues, triste et solitaire. Je cherchais refuge et je suis entrée. Mais peut-être n'ai-je pas frappé à la bonne porte ?

— Oh, bien sûr que non, dirent toutes les consonnes réunies. Reste encore un peu ! Tu sauras trouver en nous de bons caractères ! Vois comme nous dansons !

En dansant elles s'enlaçaient, hélant les voyelles qui ne cherchaient plus à se défendre. Les lettres formaient déjà une sorte de poème, inspiré peut-être par l'âme de la muse. Les unes marquaient le pas. D'autres voletaient, légères. Une cavalerie de **r** grognait de plaisir. Les **s** soupiraient, redoutant de se briser. Les **l** s'étiolaient à l'idée d'une folie. Elles dansèrent toute la nuit et quand il fit jour elles dormaient à poings fermés.

Au matin, en ouvrant boutique, l'imprimeur trouva une jeune femme qui se morfondait devant sa porte. Elle se présenta à lui comme étant fille de cordier. Mais elle ne tressait ni lin, si soie : elle tressait la Langue.

— *O chaus soupirs, ô larmes espandues*, geignait-elle entre deux soupirs.

L'imprimeur ému la fit entrer et lui demanda ce qu'elle voulait de lui.

— Ce sont là, dit Louise Labé, miens sonnets. En les lisant, ne veuillez pas condamner ma *simplesse*. Ils ne sont tout au plus qu'erreur de ma jeunesse !

— Soit, lui dit le brave homme. Nous allons les imprimer.

Et sans plus attendre il se mit à l'ouvrage.

On ne sait ce qu'il advint de lui mais on sait ce que devint la Belle Cordière : un flambeau, un emblème du cœur et de l'amour qu'il enfante toujours. Les lettrés prétendront que l'histoire est inventée. Mais l'histoire est aussi vraie que ce qui perle d'un cœur pur.

## LE CHEVALIER DE LA ROSE-CROIX

Par une nuit froide, le Comte de Saint-Lambert, Chevalier de la Rose-Croix, arrivait à Lyon en calèche. Son séjour devait durer deux nuits. Alchimiste réputé, il tenait sa renommée de quelques hauts faits que l'on évoquait à mots couverts. Voyageur impénitent, il avait couru l'Europe, les deux Amériques et il connaissait l'Orient où il avait fort longtemps vécu. Tel Paracelse, il avait conçu des homoncules à partir de la matière vivante. On racontait que ces monstres ne dépassaient pas un mètre. Hideux, sales et repoussants, ils n'avaient pas survécu. Le Comte n'avait pourtant pas abandonné sa plus satanique chimère : celle de modeler de ses mains propres une nouvelle gent humaine !

La Secte des Illuminés avait eu vent de la venue prochaine du grand alchimiste. Aussi, en cette nuit glacée, étaient-ils postés aux portes de Lyon, portant des flambeaux éclairant la nuit.

Le Comte fut surpris de voir s'ouvrir devant lui un si flamboyant chemin.

— Mais qui sont ces gens ? Que me vaut un tel accueil ? demanda-t-il.

— Ils sont des vôtres, chuchota le cocher.

De fait, la calèche du Comte s'arrêta bientôt au milieu d'une foule compacte bruissant de rumeurs, et quand le grand maître des Illuminés se fut présenté à lui, on le conduisit dans un hôtel particulier de la rue Juiverie, en la demeure que le grand Nostradamus avait habitée en l'an 1560.

C'était une nuit sans lune et durant toute la nuit le Comte ne put trouver le sommeil.

Au matin, on le guida dans les catacombes de Saint Nizier. Là, le Comte exigea qu'on le laissât seul. Les jours suivants, les adeptes cherchèrent à le rencontrer mais le Comte avait disparu. La légende dit qu'il avait quitté la ville précipitamment.

Dans les catacombes on découvrit deux petits êtres, transis de froid et de peur. Recroquevillés sur eux-mêmes, ils parlaient un langage inaudible. Sur un grimoire qu'il avait laissé derrière lui, le Comte écrivait :

— Que ces êtres-là vivent jusqu'en leur âge de puberté ! Puis qu'ils s'unissent et procréent ! Ainsi hâteront-ils la fin de notre espèce !

Certains symboles, transcrits de la main même du Comte, restèrent obscurs au Grand Maître de la secte. Néanmoins, les Illuminés nourrirent et cachèrent ces créatures. Elles grandirent, atteignant bientôt la taille d'un mètre. Mais l'une était borgne et l'autre boiteuse. Elles ne cessaient de se quereller, se jetant des anathèmes à la tête que personne n'entendait. Enfin, elles devinrent pubères ; on chercha à les unir.

Une nuit de sabbat, on convia les hautes sommités de l'Ordre de la Rose-Croix. Toutes arboraient la robe frappée à hauteur du cœur de l'emblème de l'Apocalypse. Dans la nuit, les flambeaux brûlaient. Les deux créatures furent transportées sur le lieu de l'hymen. Elles criaient, se débattaient, griffaient ceux qui voulaient les toucher ou s'en approcher. Elles s'unirent enfin. Alors une ombre se dessina sur la colline : c'était celle du Comte qui revenait hanter les lieux. — Assez, fils de Satan ! cria-t-il aux Illuminés rassemblés. Vous avez négligé ce qui était écrit ! Soyez maudits ! Et que les flammes de l'Enfer vous consument à jamais !

Il y eut un éclair blanc qui embrasa le ciel. La cathédrale bougea sur ses assises. Un feu se propagea sur la colline. La secte fut anéantie. Au matin, d'acres odeurs de chair brûlée couvraient la ville. Est-ce une légende ?

Certaines nuits, l'ombre d'un nain erre encore par les rues assoupies. Quelle est cette ombre et pourquoi hèle-t-elle les passants attardés ?

## L'HORLOGE ASTRONOMIQUE

C'est à Nicolas Lippius, savant en Astronomie que l'on doit la réfection de l'Horloge astronomique de la Cathédrale Saint Jean. Détruite par les calvinistes en 1562, une gravure du XVème siècle nous la représente haute de neuf mètres. Elle ressemble à un beffroi dont la partie basse recèle les cadrans et la partie haute le monde mystérieux des automates.

Le mécanisme de l'Horloge astronomique tient déjà du rêve. La fugace apparition des automates tient peut-être du prodige. Ainsi, quand l'heure doit sonner, le coq chante-t-il trois fois. Des anges rythment sur des clochettes l'hymne de Saint Jean Baptiste. Une porte s'ouvre sur la Vierge et l'Ange Gabriel. L'Esprit Saint volète sous la forme d'une colombe. Le suisse, sur la galerie, fait trois petits tours et puis s'en va.

Quand l'hymne s'achève, tous les automates s'immobilisent. On entend une cloche marquer les heures. Puis, bientôt, tout se fige dans la nef. Le silence fait loi, emplissant la Cathédrale d'un mystère sans nom. Un instant magique est mort, après être né ; la réalité est là, qui nous tire de nos chimères. Est-ce aussi patent ? Il ne tient qu'à nous, en fermant les yeux, de revivre l'étrange histoire de l'horloge astronomique.

C'était par une nuit froide de l'an 1668. Un pauvre hère, qui avait trouvé refuge dans la Cathédrale, fut témoin en cette nuit d'un événement aussi étrange que fabuleux. Comme il s'apprêtait à s'endormir sous le tabernacle d'une chapelle, l'Horloge qui n'avait encore jamais sonné à minuit, se mit brusquement en branle. L'homme se crut la proie d'un rêve. Mais le coq s'était dressé sur le haut du dôme et chanta trois fois.

— Est-ce déjà le jour, se demanda l'homme.

Il dut se lever et marcher jusqu'à l'Horloge. Les clochettes tintaient. L'une tintinnabula plus vivement. Et, apercevant le miséreux, elle lui lança :

— N'aie pas peur ! Approche ! Cette nuit est la plus grande des nuits ! Nous jouons, vois-tu, pour toi ! Ecoute, ouvre tes oreilles ! Ce concert n'est que pour toi !

— Pour moi, s'étonna notre pauvre homme en écarquillant tout grand les yeux.

— Pour toi, tinta la clochette.

Ses compagnes s'emballèrent — ding, dong, ding, dong — oubliant un hymne pour un autre. Ding, dong, ding, dong, riaient-elles à l'unisson. Bientôt, une trappe s'ouvrit sous le campanile. Parut l'Ange Gabriel au bras de la Vierge.

— Sois béni, dit-elle en prenant la main de l'homme. Et que Dieu absolve tes péchés !

Le pauvre hère était trop ahuri pour tenter de se carapater. Il aurait voulu s'enfuir, mais il n'osait pas bouger.

— N'aie pas peur ! dit la clochette.

La colombe voleta et vint se poser sur l'épaule du gueux. Puis elle murmura à son oreille :

— Ne crains rien ! Cette nuit est la plus grande des nuits !

Les clochettes, en écho, se répondaient. Un génie avait sauté au sol se livrant à une danse folle. Le coq chantait, la cloche du dôme sonnait ses douze coups sans plus s'arrêter et le suisse, descendu du campanile, courait en tous sens. L'autel, absorbé dans sa torpeur, n'en revenait pas de ce vacarme. Seule la Vierge souriait, gardant dans ses mains la main du pauvre diable.

— Assez ! cria le pauvre hère. Je voudrais dormir !

— Dormir ? A quoi bon ! Ouvre grand les yeux et tu trouveras la paix !

— La paix ? répondit le malheureux. Il n'est pas de paix pour moi ! Je vais d'un abri à l'autre, je mendie mon pain et je meurs de froid. Y a-t-il paix pour moi sur cette terre ? Non, que du malheur !

— Assez, lui dit la colombe. Tu es immensément riche et ne le sais pas !

— Riche, moi ?

— Oui, dit la colombe. Mais tu ignores tout encore de ta richesse !

Et elle disparut, suivie dans un même envol par l'Ange et la Vierge.

Les clochettes s'étaient tues. Le génie, le suisse, le coq avaient retrouvé leur fixité. Seule la cloche du dôme sonna ses derniers douze coups. Un soleil enluminait la nef. Le pauvre homme se frotta les yeux et sortit sur le parvis.

— Allons donc, se dit-il. Ces douze coups étaient ceux de midi ! Aurais-je fait un mauvais rêve ?

Alors, il vit s'approcher de lui deux hommes richement vêtus.

— Monseigneur, il est grand temps de rentrer chez vous, murmura l'un des deux hommes.

— Vous risquez de prendre froid, assura son compagnon en jetant sur ses épaules une chaude mante d'hermine.

— Mais vous faites erreur, dit le pauvre homme.

— Monseigneur, on vous attend, dit le premier. Suivez-nous, votre logis est à deux pas !

Il les suivit donc. Chemin faisant, ils le guidèrent dans un dédale de ruelles avant de s'arrêter devant l'une des plus riches demeures des bords de Saône.

— Eh bien, voilà ! dit l'un des hommes.

Et, comme le miséreux hésitait à entrer :

— Allons, entrez ! Madame vous attend !

Le malheureux, pressé par les deux autres, entra dans la maison.

Dans la Cathédrale Saint-Jean, au cœur de l'Horloge astronomique, la Vierge souriait derrière sa porte.

## ALICE DE THEIZÉ

En 1513, en l'abbaye bénédictine de Saint Pierre, éclata un scandale qui, à l'époque, fit grand bruit. Lyon, réputée pour son austérité, dut mettre un terme aux agissements licencieux de nonnes déréglées, pratiquant selon les registres "piteuse et honteuse dévotion." Parmi ces nonnes, on recensa Alice de Theizé qui, pour échapper aux foudres de l'Eglise, quitta précipitamment l'abbaye. Ce n'est qu'en l'an 1526 qu'on la retrouva morte, le corps couvert de plaies. D'elle on ne parla plus, si ce n'est un an après sa mort et en l'abbaye qu'elle avait fuie.

L'Eglise avait dû rouvrir les portes de Saint Pierre pour l'accueil de jeunes novices. Ces novices étaient ferventes et toutes attachées au nom de Jésus. La plus jeune avait quinze ans. Elevée dans le respect des Ecritures, Sœur Clarisse adorait Dieu, son Fils et le Saint Esprit. Jamais jeune novice n'avait montré tant de piété, tant de religieuse ardeur. Mais par le hasard le plus étrange, la cellule qu'elle occupait était celle où Alice de Theizé avait logé treize ans plus tôt !

Chaque soir avant de s'endormir, Sœur Clarisse se recueillait. Puis elle se couchait et ne s'éveillait que lorsque tintait la cloche du matin. Une nuit, une voix dans sa cellule la tira de son sommeil.

— Ne crains rien, confia la voix. Je suis l'une de tes sœurs. J'ai touché du doigt le corps de Jésus et je veux que tu le saches ! Toi seule, en cette abbaye, peut connaître la Révélation ! Ecoute et tu entendras la Vérité !

Sœur Clarisse, ouvrant grands les yeux, crut avoir rêvé. Elle chercha dans sa cellule d'où venait la voix. Mais elle ne distingua rien. A peine une lumière ténue tremblotant derrière sa porte. Ce n'était que le flambeau qui brûlait dans le couloir.

— Ne me cherche pas, murmura encore la voix. Chaque nuit que Dieu voudra, je viendrai à toi ! Prie pour Lui ! Que la paix soit avec toi !

La jeune Clarisse sentit sur son front un doigt qui traçait le signe de la croix. Elle ferma les yeux, appela Jésus de toute son âme, puis elle s'endormit.

Les jours suivants, elle vaqua dans l'abbaye fortement troublée. Elle n'osa parler de cette voix à la Supérieure. « Qui sait, pensa-t-elle, si je dis ce que j'ai entendu, je peux être chassée pour hérésie. »

Pour se consoler, elle invoquait Dieu inlassablement, demandant pardon, s'enfermant dans la chapelle à longueur de jour et se flagellant comme à l'envi. Dire que son corps était en transes serait peu dire ! Il était tout entier saccagé par la passion de Dieu et tendu vers un seul être : Jésus Christ. Ses compagnes nonnes, tout aussi novices, était loin de partager une telle dévotion et la Supérieure, croyant voir en Sœur Clarisse la plus pure des créatures, la montrait comme un exemple : « Voyez Sœur Clarisse, disait-elle admirative. De toutes, elle est la plus pieuse ! Qui de vous mieux qu'elle peut se targuer d'aimer autant notre Sauveur ? »

La nuit qui suivit ces jours de fièvre fut semblable à celle où elle avait entendu la voix. Sœur Clarisse dormait déjà quand, en pleine nuit, elle fut éveillée.

— Je suis, dit la même voix, Alice de Theizé. Jésus m'accompagne. Il te faut l'aimer ! Allons, lève-toi ! Ouvre grand ta porte et sors dans le cloître !

— Sortir ? A cette heure, s'étonna la jeune novice.

— Lève-toi, lui dit la voix.

Sœur Clarisse, sans mot dire, sauta de sa couche, s'habilla rapidement et suivit le long couloir qui menait dans le jardin. Les arcades de l'abbaye formaient une masse sombre. La nuit était claire et un vent glacé agitait les arbres du jardin.

— Où es-tu et où est Jésus ? demanda Clarisse.

La voix doucereusement l'invita à poursuivre son chemin et Clarisse en tâtonnant suivait les abords de l'abbaye.

— Répète après moi, insista la voix : Jésus, Fils de Dieu, Fils de la Miséricorde, lave-nous de nos péchés !

Clarisse cheminait dans les ténèbres et elle répétait : *Jésus, Fils de Dieu, Fils de la Miséricorde, lave-nous de nos péchés !*

— Que ton règne arrive, psalmodiait la voix.

— *Que ton règne arrive*, répétait Clarisse.

Elle allait, portée par la voix, se sentant anéantie. Une souffrance étrange rongeait son visage ; ses mains se tordaient, ses pieds trébuchaient.

— Sois béni pour les siècles des siècles !

— *Sois béni pour les siècles des siècles*, ânonnait Clarisse.

Au matin, elle tournait encore autour de l'abbaye comme une égarée. Quand la cloche sonna et qu'on s'aperçut de son absence, les novices se mirent à sa recherche. Elles fouillèrent chaque cellule puis, ne trouvant rien, coururent au jardin. Ce fut la Mère

Supérieure qui, levant la tête, l'aperçut juchée sur une branche d'arbre.

— Eh bien, Sœur Clarisse, que faites-vous perchée là-haut ? Vous allez tomber ! Descendez, voyons !

Sœur Clarisse, le visage tout tuméfié et les mains couvertes de plaies, scrutait de ses yeux hagards la Mère Supérieure. Elle ne cessait pas de susurrer : *Jésus, Fils de Dieu, Fils de la Miséricorde, lave-nous de nos péchés !* Puis elle se tordit dans l'arbre, saisie par un spasme affreux, glissa de la branche et tomba mourante aux pieds de la Supérieure.

La Mère se pencha sur elle dans l'espoir de la sauver. Mais Clarisse était livide. Les cheveux défaits, la robe déchirée, les pieds et les mains ensanglantés par les ronces des fossés, elle leva une dernière fois la tête tout en balbutiant : *Jésus, Fils de Dieu, Fils de la...* Elle n'acheva pas. Les yeux grands ouverts, elle avait rendu son âme à Dieu. On comprit que grâce au sacrifice de sa vie, elle avait lavé de ses souillures la vie dissolue d'Alice de Theizé.

## LE DIEU NOIR

**A** l'époque, les sorciers étaient nombreux à suivre et à écouter les oracles du Dieu Noir. Ce dieu maléfique, au long des années, avait su étendre son pouvoir sur tout le quartier Saint Jean. Vêtu d'un ample manteau et coiffé d'un feutre à plumes de coq, il apparaissait et disparaissait à chaque coin de rue. Quiconque le croisait voyait son destin changé. Les plus riches devenaient pauvres, les plus laids charmants et les plus roués voleurs devenaient de repoussants mendiants.

A cette même époque, par un jour de fête, un riche cordier mariait sa fille à un jeune Toscan établi à Lyon depuis peu. Le faste de ce mariage fut à la mesure de la fortune des deux familles. Jamais on n'avait fêté noces plus brillantes à Lyon ! On les célébra religieusement en la Cathédrale Saint Jean. Après quoi, danses, caroles et libations égayèrent mariés et invités.

Le cordier avait payé des musiciens pour jouer aubades et sérénades. Parmi eux, il en était un vêtu d'une mante noire qui faisait merveille. C'était un joueur de vielle qui, de ses doigts fins, frôlait à la perfection les touches de son instrument. Il faisait entendre une note grave, plaintive et poignante, d'une telle perfection que jamais personne n'avait entendue à Lyon.

Le cordier lui demanda :

— Qui es-tu et de quel pays viens-tu ?

— Je ne viens d'aucun pays, dit le musicien. Je suis d'ici ou de là, selon l'heure ou la saison !

— Qu'importe ! Voudrais-tu jouer pour nos épousés ? Je te paierais le prix qu'il faut !

— Ton prix ne sera jamais à la mesure de mon talent, lui susurra l'autre.

— Combien veux-tu donc ?

— Rien que de pouvoir jouer !

— Mais jouer demande salaire, repartit le riche cordier.

— Non, dit l'autre. Jouer est déjà richesse.

A ce moment-là, tandis qu'ils parlaient, le plus fabuleux cortège de lurons s'engagea avec fracas dans la rue du Bœuf. Dressés sur un grand chariot, des masques grotesques haranguaient la foule. Le chariot était tiré par deux chèvres étiques aux flancs faméliques. Un mât de cocagne y avait été monté.

— Holà, braves gens, hurlait le plus turbulent des masques. Oyez le plus fou des Fous ! Buvez, mangez et dansez le jour de mon sacre !

Près de lui, un duo de diacres, revêtu d'habits de femmes, simulait des gestes, des bouffonneries d'alcôve. La foule s'esclaffait à leur passage et montrait du doigt l'Evêque des Fous. Le chariot était tiré, poussé, ralenti ; maintes fois il regimba à poursuivre son chemin. Enfin, il stoppa à la hauteur des gens invités pour le mariage.

Le cordier voulut les rassembler, mais les clercs plus prompts avaient sauté sur le pavé et ils entraînaient déjà, en une course folle, les gens de la noce.

— Quoi, criait le père. Que font tous ces gens et que nous veulent-ils ?

— Ils ne font que s'amuser, dit le musicien.

— Ne devais-tu pas jouer pour nous ?

— Ils sauront jouer pour toi !

— Mais où est ma fille et où est mon gendre ?

Le joueur de vielle éclata d'un bon gros rire. Il montra une drôlesse trottant aux basques d'un clerc.

— Elle est là ta fille et elle court après le Diable ! Et voilà ton gendre, accoutré comme un évêque !

— Qui es-tu ? dit le cordier.

— Je suis le Dieu Noir et je te condamne à être masque pour l'éternité !

Aussitôt, le cordier avait rejoint la troupe des larrons agrippés au mât.

Affublé d'une camisole, il mimait des facéties étranges pour un homme de son rang. Et on l'entendait crier entre deux postures obscènes :

— Holà, écoutez ! Oyez, braves gens ! Je donne à qui veut la main de ma fille ! Qui saura la prendre sera un coquin ! Il aura à lui toute ma maison !

Par les rues on percevait l'air sempiternel d'une vielle usée. C'était le plus fou des Fous qui jouait sa ritournelle. Quant à l'homme à mante noire, il s'était fondu dans la foule des badauds.

# LE SIÈGE DE LYON

Durant le siège de Lyon du mois d'août 1793, Dubois-Grancé fit bombarder la ville. Les artilleurs de la Convention tiraient à boulets rouges sur les maisons d'habitation. L'Hôpital ne fut pas épargné. Un drapeau blanc avait été hissé sur le grand dôme. Rien n'y fit. Plus de trente fois, le feu se propagea dans l'Hôpital. Les équipes de secours durent éteindre ces feux. Par chance, on ne dénombra aucune victime. Selon Marc-Antoine Petit, grand chirurgien à l'Hôtel Dieu qui nous relate dans un sobre récit le siège de Lyon, l'événement tint du miracle. Mais doit-on parler de miracle ?

Durant ces sombres jours, une sœur hospitalière officiait auprès de Petit. Son nom, Sophie Dassier, demeure dans les registres de l'Hôpital. Sans son aide précieuse, beaucoup de malheureux auraient trouvé la mort dans les brasiers de l'Hôpital. Ce qu'on sait d'elle, c'est Petit qui en parle. « C'était une femme forte, aux traits hommasses et énergiques. Crainte du monde hospitalier, elle s'acquittait de son devoir avec constance et opiniâtreté. Son large front sous sa coiffe impeccable rayonnait de ferveur ; ses yeux étaient deux braises incandescentes. Elle était portée par la foi, ce qui en ces horribles temps était rare ou proscrit. »

Parmi toutes les religieuses de l'Hôpital, nulle ne savait mieux qu'elle soulager les malades. Sous la foudre incessante des boulets, elle pansait, toilettait, soignait chacun avec une même célérité. Elle allait d'un lit à un autre au péril de sa vie. On eût dit qu'elle ignorait que la ville fût assiégée ! Petit, maintes fois, était intervenu ; il craignait qu'un éclat d'obus ne mît fin à ses jours. En bon homme de science, il l'avait plus d'une fois invité à éviter le feu des artilleurs. Mais Sophie Dassier, mue par une foi inébranlable, se moquait de ses conseils.

Tout croulait pourtant dans l'Hôpital. Les murs étaient arrachés, les vitres éclataient, les salles de soins transformées en tristes amas de pierre. Le drapeau flottait toujours sur le grand dôme. Partout des feux s'allumaient, qu'il fallait éteindre sans répit. Les boulets pleuvaient, les malades geignaient. Une odeur insoutenable montait des tas de gravats. De leurs lits, des blessés s'étaient levés, titubant dans les décombres. La panique gagnait les plus atteints. Et, dans ce brouillard, des ombres cahotaient en gesticulant de peur ou de détresse. Ombres faméliques ! L'Hôpital, plus qu'un enfer, était devenu un vrai pandémonium ! Même les sœurs hospitalières perdaient leur sang-froid. Seule Sophie Dassier, vigile au milieu des flammes, intimait à tous de garder son calme.

Comme elle s'affairait, bravant les brasiers, un boulet tomba à deux pas d'elle. Etait-ce un boulet ? A ses pieds béait un grand trou. Des flammes s'échappèrent du trou, formant un grand feu. Du feu surgit une silhouette dont l'aspect était celui d'un homme à tête de bouc.

— Holà, citoyenne sœur. Où vas-tu ainsi ? lui cria l'apparition.

— Je vais, dit Sophie Dassier d'un air crâne et décidé, soigner ceux qui souffrent !

— Soigner ceux qui souffrent ? Allons donc ! L'Hôpital entier sera détruit ! Je te le prédis ! Et toi, comme moi, tu seras vouée aux flammes de l'Enfer !

— Arrière, lui cria la sœur hospitalière. Si tu sèmes la mort et le désastre, je saurais te repousser : j'œuvre pour la vie !

— A quoi bon la vie ? lui répliqua l'autre.

Et tout en parlant, il cherchait à l'attirer dans le brasier.

Autour d'eux, tout était fracas, plaintes, gémissements. La sœur se sentait cernée de toutes parts. Quand elle voulait fuir, l'homme la rattrapait allumant des feux sur son chemin.

— Viens, assura-t-il ? Le feu de l'Enfer vaut mieux que la vie !

— Arrière, lui criait la sœur.

Mais l'homme attisait des feux, toujours et encore.

Alors, dans la mante de fumée, au milieu des cris, elle frôla une ombre, puis une autre Une équipe de secours travaillait à éteindre l'incendie.

— Par ici, ma sœur, cria l'un d'entre eux.

Sophie Dassier, trébuchant dans les gravats, se jeta sur ses sauveurs. Quant à l'homme à tête de bouc, voyant approcher les hommes, il sauta dans un brasier et s'y consuma. A ce moment-là, les artilleurs de la Convention cessèrent leur mitraille. On raconte qu'en ce mois d'août le Génie de la Révolution s'était niché du côté du peuple et non du côté de ses gardiens. La foi y fut-elle pour quelque chose ? On peut le penser si l'on croit à la vertu des contes.

## LE FABULEUX HIVER DE L'AN 1111

On raconte qu'au temps où l'on vénérait encore le Dieu Lug, Lyon voyait fondre chaque hiver une nuée de corbeaux. Le Dieu Lug lui-même présidait à leur venue. Bien qu'on ne l'eût jamais vu, il était connu pour apparaître, dressé sur ses serres, ouvrant grand ses ailes pour accueillir le vol des corbeaux.

De très loin les corbeaux couvraient de leurs croassements les régions qu'ils traversaient. En bandes lugubres, ils maculaient le ciel comme une nuée d'orage. Messagers de la Mort, porteurs de prémonitions sans nom, ils semaient la terreur dans les esprits. C'est du moins ce que rapporte une chronique de l'époque. Et, si l'on s'en tient à cette chronique, l'hiver de l'an 1111 fut des plus extraordinaires. Il éclaire la légende du Dieu Lug d'une lueur étrange. Conter est-il donc légende, nous demande un chroniqueur. Non : conter fait *aussi* partie de la vérité.

Cet hiver-là, la Saône avait gelé. Les Lyonnais, surpris par ce grand froid, se calfeutraient dans leurs logis. L'eau n'était que glaçon et, sans l'âtre, on aurait crevé de faim et de froid. Les enfants, légers, aériens comme des personnages de Breughel, patinaient sur la glace de la Saône. L'hiver avait supplanté dans les esprits la venue prochaine des corbeaux. On n'y pensait plus. On songeait à ces corvées qu'on se doit d'exécuter dans les noires périodes. A chacun son rôle ; nul besoin de régenter les hommes. Qui veut vivre doit bouger ! Le laquais devient l'égal du maître.

Un soir qu'il gelait à pierre fendre, un homme cogna aux portes de Lyon. Il montait un âne tout décharné, rompu et bien trop fourbu pour poursuivre son chemin. L'homme semblait très affamé. Il était à peine vêtu et ses yeux sortaient de leurs orbites. La barbe qu'il portait était celle d'un voyageur hagard ayant chevauché pendant des jours sans avoir croisé une âme.

— Holà ! crièrent les gens d'armes. D'où viens-tu par ce grand froid et que viens-tu faire à Lyon ?

— J'annonce, prédit l'homme juché sur son baudet, la venue prochaine des corbeaux. Ils sont si nombreux que je crains pour vos greniers !

— Nos greniers ? Mais ils sont bien clos ! Que nous contes-tu là ?

— La vérité vraie, répondit le voyageur. Laissez-moi entrer ! Je n'ai rien mangé depuis des jours !

Les gens d'armes apitoyés le laissèrent passer. Il avait sauté de sa monture et marchait d'un pas tout claudiquant. L'âne l'accompagnait, boitant lui aussi. La scène était pitoyable, et quiconque eût rencontré l'étrange équipage eût été saisi d'effroi !

— C'est sans doute encore un fou, dit l'un des gens d'armes.

— Oui. Un pauvre fou, renchérit un autre.

Et ils préférèrent en rire.

Mais comme ils levaient les yeux vers le ciel morne, ils virent un nuage noir qui montait de l'horizon. Ils n'y prirent pas garde tout d'abord, mais comme le nuage grossissait, ils s'en inquiétèrent.

— Les corbeaux, hurla l'un d'eux. Regardez ! Ils sont des milliers !

A ce même instant, une ombre tomba sur Lyon. Les corbeaux, poussant comme jamais leurs sinistres cris, piquèrent sur le haut de la colline où les attendait, ailes déployées, un aigle royal. Lug, (car c'était lui) par trois fois battit ses ailes terrifiantes avant de les déployer. Les gens d'armes purent le voir. Il y eut un long silence, puis une voix rauque qui s'éleva du haut de la colline fracassant murs, clochers, bâtisses, pulvérisant fenêtres et portes, brisant la glace qui enserrait la Saône, rendant la vie aux sources, aux puits, aux fontaines pétrifiées.

On vit une ombre gigantesque retomber sur la ville. Les corbeaux s'envolaient par deux, par trois, par quatre, croassant leur malheur. Le Dieu Lug, cette fois-là, avait sauvé la ville d'un pillage imminent.

Mais qui était l'homme qui était entré dans Lyon le soir de ce jour étrange ? Certains disent qu'on le trouva mourant dans un ruisseau, le ventre évidé par les corbeaux. Est-ce légende racontée par un idiot ? Le chroniqueur nous dit que conter est partie de la vérité. Il ne nous reste qu'à le croire ou qu'à tourner la page.

## LA NAVETTE ENSORCELÉE

— *La tête à l'hareng, la tête et la queue*, chantonnait Lambert assis de guingois devant son métier.

Sa détresse était immense et, tout en pressant du pied la pédale de bois, il rêvait d'un beau hareng : gras, dodu et bien fumant. Une main lançait la navette, l'autre poussait le trépidant battant qui serrait la trame et frappait à coups violents la masse de tissu.

Avec lui besognaient Féru, chargé des canettes et un dénommé Humbert qui garait les dévideuses.

Durant toute l'année, Lambert, Féru et Humbert louaient leurs six bras comme tant d'autres compagnons. Ils passaient d'un atelier à l'autre, le temps d'un ouvrage. Une fois le travail livré, ils devaient chercher besogne ailleurs. Humiliés, payés trop souvent au tarif le plus bas, ces trois-là mangeaient trop souvent *les clous de la porte* comme on dit à Lyon.

A l'époque, ils vivaient dans une soupente située dans une rue étroite de la Croix-Rousse. On était en novembre 1830. La misère était si grande chez les canuts que beaucoup mouraient de froid. Et, pour comble d'injustice, on parlait de les taxer d'un nouvel impôt !

— *La tête à l'hareng, la tête et la queue*, fredonnait Lambert en ce jour d'hiver.

Son visage était si pâle qu'on pensait en le voyant à celui d'un moribond. Le dos arrondi, il ployait son corps sur le métier, évitant le retour du battant qui allait heurter le rouleau de tissu. A bien observer Lambert, on aurait pu croire qu'il était âgé de cinquante ans. En fait, il n'avait que trente cinq ans ! La précarité de sa condition, la faim qui le tenaillait et les heures passées à trimer sur le métier avaient fait de lui un homme usé. Quant à ses deux compagnons, Féru et Humbert, ils étaient aussi diaphanes et faisaient chacun vingt ans de plus.

— La tête à l'hareng, la tête et la queue ! Tu as déjà faim ? lança Féru en considérant Lambert avec tristesse.

— Déjà faim ! Je n'ai rien mangé depuis deux jours ! s'écria Lambert.

— Vraiment, ricana Humbert. Et tu ne désires rien moins qu'une tête de hareng ! La faim te monte à la tête ! Pourquoi diable rêver d'une tête de hareng ?

— Si tu veux des œufs et de la viande, demande au soyeux ! lui cria Féru.

— Je ne veux ni viande ni œufs, répliqua Lambert. Le quart d'un hareng me suffirait !

— Tiens, voilà qui est plus sage ! nota Humbert. Il ne désire plus qu'un quart de hareng !

De rage Lambert lança sa navette. Mais, à sa surprise, la navette se mit à filer seule. Eberlué, il resta sans voix. Rêvait-il ? La fatigue lui jouait-elle des tours ? Non pourtant : la navette allait bon train !

— Regardez ! Le diable est entré dans la fabrique ! cria-t-il en montrant son métier.

— Le diable ? Un hareng peut-être t'est passé entre les jambes ! rétorqua Humbert en garant ses dévideuses.

— Un hareng ! Viens voir par toi-même ! lui cria Lambert.

Féru, intrigué, posa ses canettes et il rejoignit Lambert.

Celui-ci, abasourdi, n'osait croire ce qu'il voyait. La navette imperturbable poursuivait sa course folle. Elle allait, venait, dandinait entre les fils de soie filant son étoffe. Le battant serrait la trame, cognait seul l'énorme rouleau sans l'aide de Lambert. Le pied même du malheureux ne portait même plus sur la pédale !

— Hé, Humbert, appela Féru. Vois ce que je vois ! Le métier tisse tout seul !

— Il s'est emballé peut-être ? avança Lambert terrorisé.

Humbert dut lâcher ses dévideuses.

Ce qui se passait était fabuleux ! Ils voyaient devant leurs yeux le métier tisser l'étoffe sans qu'aucun n'eût à bouger !

— C'est à n'y pas croire, ânonna Humbert. La navette avance seule !

— Et si elle était ensorcelée ? murmura Lambert.

Comme ils s'approchaient plus près, ils purent voir distinctement l'ombre d'un motif apparaître sur l'étoffe.

La navette courait toujours ; le battant serrait, heurtait le rouleau. Tout se dévidait comme à merveille.

— Regardez ! cria Féru.

— Un hareng ! hurla Lambert.

Humbert dut de tout son corps se pencher sur le métier. De fait, un hareng se dessinait sur le tissu ! Puis un autre, et un autre encore. Un banc de harengs !

— C'est à n'y pas croire, répétait Lambert. La navette doit être ensorcelée !

Les fils de soie argentaient l'étoffe et donnaient un éclat vif aux motifs dessinés. On aurait dit la brillance d'écailles dorant au soleil.

— Quand je vous disais, quand je vous disais, s'enfiévrait Lambert.

— Mais ce n'est que de la soie, lui cria Féru.
— Peut-être, mais c'est du hareng !
Il se jeta sur l'étoffe, prêt à la manger.
Au soir, on dut l'emmener. Il avait perdu tous ses esprits. Et tandis qu'on le guidait à l'Hôtel Dieu, Lambert fredonnait comme une antienne : *la tête à l'hareng, la tête et la queue, l'hareng tout entier !*

Il devait mourir un mois plus tard dans une crise de démence. On raconte que ce fut là une des causes de la révolte qui éclata à Lyon en janvier 1831. Car tous les canuts étaient unis. D'un seul chœur, ils regardèrent Lambert comme un martyr.

## LES DÔMES DANS LA BRUME

La nuit, quand la brume couvre la ville, les toits ne sont que des fantômes aux contours faméliques. Les cheminées se dressent en rangs serrés comme un peuple d'errants. Les ponts ont disparu ; les enseignes sont des taches embuées de ténèbres.

Le passant attardé, s'il longe le Rhône, voit deux coupoles lourdes se profiler dans le lointain. Ce sont deux crânes, deux vigies qui veillent sur la ville : ce sont les dômes de l'Hôtel Dieu perdus dans la nuit blanche.

Les nuits d'hiver, les mourants sont cortège. Les dômes font rempart à leurs assauts. Parfois, ces forcenés couvrent les toits et assiègent les rues. Les dômes ferment les yeux : c'est la loi de la Nuit.

Donc, par une nuit d'hiver, un étudiant errait sur un quai déserté. Sa jeune amie venait de le quitter ; comme il touchait le fond du désespoir, il s'était mis en tête de se jeter au Rhône.

— Ma souffrance est trop grande, pensait-il en marchant. Mort, je n'aurais même plus à espérer qu'elle me revienne !

Et il allait en grelottant de froid sans toutefois se décider à sauter dans le fleuve.

— Sans elle, que deviendrais-je ? Je n'aurais plus de goût à vivre et plus d'élan pour rien, se disait-il. Je serais mort-vivant et non vivant ! La mort vaut mieux encore que de vivre sans vivre !

Comme il marchait toujours dans la nuit blanche, il entendit des voix qui chuchotaient. Et, bien qu'il ne vît rien dans l'épaisseur de brume, il comprit que les voix montaient du fleuve. Il s'arrêta, prêtant l'oreille : un écho de dispute étouffée par la brume parvenait jusqu'à lui. Un homme et une femme se lamentaient sur leur amour.

— Oui, oui, geignait la femme. Je t'ai toujours aimé ! Mais c'est toi qui as tout gâché !

— Moi ? lui répondait l'homme. Mais qui donc m'a quitté ?

— Pourquoi t'es-tu noyé, répondait l'autre voix.

— Sans toi, je ne pouvais plus vivre, lui criait l'homme.

L'étudiant, médusé, pensa qu'il rêvait éveillé. Mais comme il s'approchait du fleuve, les deux voix égrenaient leur étrange litanie. Un souffle d'air glacial lui saisit le corps.

— J'aurais pu m'habiller chaudement, prendre au moins une écharpe, songeait-il tristement. Quelle idée ai-je eu de sortir sans manteau !

Il n'avait déjà plus l'idée de se noyer !

La voix de l'homme, portée par l'épaisseur de brume, n'en continuait pas moins de seriner à ses oreilles :

— Pourquoi t'es-tu noyée ? Ne pouvais-tu rester en vie ?

— En vie ? lui répondait la femme. Mais à quoi bon ? Je préférais te retrouver !

— Dire que nous partagions un même amour quand nous étions en vie !

— Nous n'étions pas si malheureux, gémit la femme.

— Ah, je t'ai tant aimée, pleurait l'homme doucement. Pourquoi n'ai-je su te pardonner ?

— Tu m'aimais tant pourtant !

— Oh, oui, ça, je t'aimais ! Et voilà maintenant que nous errons comme deux ombres à nous lamenter chaque nuit et à regretter notre vie ! Le sort nous fut cruel, murmurait tristement la voix de l'homme.

L'étudiant, tout à coup, sentit le froid glacer son corps. Les deux voix s'étaient tues ; il ne songeait qu'à retourner chez lui.

— Ces deux voix ont su m'alerter, se dit-il joyeusement. La vie n'est pas aussi noire que je croyais ! Peut-être en rentrant trouverais-je un mot de mon amie ? Peut-être même sera-t-elle là ! Et si elle n'est pas là, j'irais moi-même la trouver !

Il en était là de ses résolutions quand il aperçut les dômes dans la brume ; ils semblaient flotter dans la nuit blanche. Tous deux s'étaient retournés et formaient comme deux coques de vaisseau prêtes à naviguer. Sur chacune un mât était hissé ; des errants allaient, tirant inlassablement sur les cordages. Ils étaient plus d'un millier sur le point d'appareiller. Le jour commençait à poindre. Les deux coques balançaient au vent.

— Ohé ! Ohé ! criaient les marins à l'étudiant.

Et ils l'appelaient pour qu'il embarque.

Puis, dans un crissement sourd, les deux dômes gagnèrent le fleuve et ils disparurent happés par les ténèbres. L'étudiant, saisi d'un frisson d'effroi, se mit à courir pour rejoindre son meublé. Et quand il rouvrit les yeux, son amie était assise à son chevet épongeant son front brûlant, trempé de sueur.

1 – Le Bois Noir
2 – La Licorne
3 – L'Envoyé de la Providence
4 – Le Drap d'or
5 – Le Masque d'argile
6 – Le Coffret d'Auguste Velet
7 – L'Homme aux figurines
8 – La Fée de décembre
9 – Le Riche homme de Lyon
10 – L'Ame d'une muse
11 – Le Chevalier de la Rose-Croix
12 – L'Horloge astronomique
13 – Alice de Theizé
14 – Le Dieu noir
15 – Le Siège de Lyon
16 – Le Fabuleux hiver de l'an 1111
17 – La Navette ensorcelée
18 – Les Dômes dans la brume

*Remerciements*

Je tiens à remercier Michèle Wauquier, peintre de talent, pour ses magnifiques aquarelles qui ont participé à l'aventure de la publication de ce recueil.

J'évoquerai aussi Florence qui a lu ce recueil quand elle était enfant et qui le range dans sa mémoire sur le même rayonnage qu'Anderson…

J'ai aussi une pensée pour mon petit-fils Célian, à qui est destiné ce recueil et qui le découvrira un jour.

Enfin, je le dédie à ma chère Muriel, compagne de toujours, qui l'a vu naître et l'a, à sa façon, accompagné pendant sa rédaction.

Printed in Great Britain
by Amazon